GW00672093

Sylvain Tesson

Le téléphérique

et autres nouvelles

Gallimard

Ces nouvelles sont extraites
du recueil *S'abandonner à vivre* (Folio n° 5948).

Sylvain Tesson est l'auteur de nombreux essais et récits de voyage, dont *L'axe du loup*. Son recueil de nouvelles *Une vie à coucher dehors*, s'inspirant de ses pérégrinations, a reçu le Goncourt de la nouvelle 2009. *Dans les forêts de Sibérie* a été couronné par le prix Médicis essai 2011 et *Berezina* par le prix des Hussards 2015. En 2018, il a publié *Un été avec Homère* aux Éditions des Équateurs. Paru en 2019, *La Panthère des neiges* a reçu le prix Renaudot.

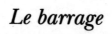

Le barrage

> Le dévoilement qui régit la technique moderne est une pro-vocation (*Herausfordern*) par laquelle la nature est mise en demeure de livrer une énergie qui puisse comme telle être extraite (*herausgefördert*) et accumulée.
>
> **MARTIN HEIDEGGER**
> *La question de la technique*

Dans ma famille, le voyage de noces était une tradition à laquelle il aurait été inconcevable de déroger. Nous considérions que la réussite de l'entreprise présageait la plus ou moins bonne fortune du mariage.

Mon arrière-grand-père avait passé deux jours à Cambrai avec mon arrière-grand-mère chez une cousine mercière. Il avait acheté à sa femme un service de nappes en dentelle, était monté au beffroi, avait éprouvé un vertige affreux et était revenu s'enfouir dans un village de betteravier picard qu'il n'avait quitté que pour mourir dans la Somme, coupé en deux par un shrapnel.

Mon grand-père, en pleine Seconde Guerre mondiale, était parti à bicyclette avec ma grand-mère pour relier Gênes à Marseille. Ils racontaient avoir désespéré un soir de trouver trace humaine entre Nice et Juan-les-Pins, ce que nous avions le plus grand mal à croire quand, soixante ans plus tard, nous roulions sur la côte massacrée par le surpeuplement et l'exhibition des corps.

Mon père avait fait visiter le Cambodge à ma mère. Quand elle avait perdu sa dent de porcelaine dans sa soupe aux fleurs de lotus, elle n'avait plus voulu ouvrir la bouche avant de regagner Siem Reap et de trouver un dentiste. Leur union avait été ainsi inaugurée par un long silence qu'ils s'étaient ensuite chargés de combler.

Ma sœur était partie avec mon beau-frère dans la Galice espagnole « plonger dans l'univers des fées et des légendes celto-ibériques », comme elle l'avait claironné. Ils étaient revenus deux jours plus tard, affreusement abattus, pestant contre l'enlaidissement de la côte par les pavillons et les baraques à frites. Mon beau-frère avait dit : « On est allés chercher le roi Arthur et l'enchanteur Merlin, on s'est retrouvés chez Leroy Merlin », et ce mot nous avait alertés sur une propension au calembour dont nous eûmes ensuite à souffrir sans discontinuité.

Marianne et moi nous étions rencontrés aux Langues orientales dans le début d'une année dont la perspective me décourageait. Elle achevait sa thèse de langue japonaise et j'avais déjà remarqué, dans la foule des couloirs, ces yeux noirs, bridés, très écartés encochant un visage pâle auquel des boucles rousses conféraient un air cadavérique. Je donnais mon cour de civilisation russe dans la pénombre d'un matin de janvier devant un parterre d'étudiants dont le seul point commun avec moi était de se demander ce qu'ils faisaient là. Elle avait fait irruption dans ma salle de conférences, croyant rejoindre sa propre étude. Elle avait reculé, bredouillant des excuses, je l'avais invitée à s'asseoir ; je ne sais pourquoi elle avait accepté – ou obéi. Les élèves avaient tourné la tête, elle avait rougi, j'avais donné ma leçon pour elle. Il s'agissait d'une analyse des contacts entre les Cosaques de la conquête de l'Extrême-Orient russe et les chamans de la taïga. « Prodigieusement emmerdant », me confia Marianne trois semaines plus tard. On s'était mariés en avril et, quand les gens nous demandaient comment nous nous étions rencontrés, je répondais que Marianne s'était trompée de porte.

Six mois de dévoration continue ne nous avaient pas lassés. Fidèle à la tradition familiale, j'avais accueilli juillet en posant la question du voyage de noces. Nous décidâmes du Yunnan chinois. Le choix avait procédé d'un débat ardent. Nous étions au lit, un dimanche de grande médiocrité météorologique :

— La Russie ! avais-je dit.

— Tu as vu comment s'habille Poutine ? Les Russes sont dingues et c'est trop grand, on va se perdre.

— Mais je connais bien la région, moi...

— Justement, il nous faut du nouveau. À tous les deux, avait-elle dit.

— Le Groenland, avais-je dit.

— Trouve-toi une Savoyarde qui porte des fourrures polaires.

— Le Japon ? avais-je hasardé.

— J'aurais l'impression de réviser mes cours... Et le Pakistan ? avait-elle dit.

Depuis un séjour au Maroc j'avais contracté une aversion pour les terres d'islam, où les femmes rampent, écrasées de la culpabilité d'exister, assommées par des soleils d'enclume et le regard des hommes fiévreux de frustration.

— Jamais ! Les mecs te materont comme une pute parce que tu ne t'enfouiras pas sous un sac en toile de jute.

— La Chine, alors.

— Oui ! Mais où ?

— Le Yunnan !

Le mot signifiait « le Sud nuageux » et avait

suffi à conquérir Marianne. Elle avait une théorie sur les régions subtropicales :

— On vit dans un brumisateur naturel. C'est bon pour le teint.

En outre, nous trouvions sain de mettre dix fuseaux horaires entre le désir de nous chérir et une famille adorablement envahissante.

Quinze jours avant le départ, Marianne apprit par cœur le *Tao-tö-king* et quand je m'endormais sur elle, en nage, après l'amour, il n'était pas rare qu'elle s'ébrouât pour me susurrer : « Il vaut mieux ne pas remplir un vase que de vouloir le maintenir plein. » Quand elle citait de mémoire ces chinoiseries, elle prenait toujours l'air entendu des sages, contraints de masquer l'hermétisme des tirades sous des expressions d'initiés.

Nous consacrâmes la veille du départ à acheter d'amples vêtements blancs au Comptoir des cotonniers, car Marianne avait lu dans les *Relations des voyages d'un père capucin sur les routes de l'Empire céleste* que c'était la tenue la plus appropriée pour se mouvoir dans les touffeurs de la prémousson. Je lui achetai le *Voyage d'une Parisienne à Lhassa* d'Alexandra David-Néel, mais elle me fit remarquer le soir même, après la lecture des premières pages, combien l'exploratrice puait l'acariâtre et usait d'un ton de donneuse de leçons et, remisant le livre dans la bibliothèque du salon, Marianne serra dans le petit sac à dos qui constituait notre bagage les poèmes de Paul-Jean Toulet, plus conformes à sa vision parfaitement désinvolte de l'existence.

Elle oublia le livre dans l'infâme auberge de Kunming où nous fûmes dévorés de vermine, mais elle s'en consola quand l'autobus où nous avions trouvé place aborda les derniers lacets qui mènent à Fongdian, village des marches tibétaines que les glaçures des névés couronnaient à plus de six mille mètres d'altitude. Le soir, des déchirures dans les cumulus bourgeonnant au-dessus des cimes laissaient entrevoir des pyramides couleur lavande : un soleil pastel léchait les glaces avant de rendre le jour à la nuit.

La suite fut l'enchantement dont nous avions rêvé. Il est rare, en voyage, de vivre des jours conformes aux idées que l'on s'était forgées avant les grands départs. D'habitude, voyager c'est faire voir du pays à sa déception.

Nous nous déplacions peu. Quand le parfum et l'aspect d'un village nous plaisaient, nous nous y installions deux ou trois jours. Les auberges étaient nombreuses et servaient une nourriture que le fleuve pourvoyait. La rumeur du Mékong nous devenait familière, notre ouïe incorporait, jusqu'à l'oublier, l'énorme roulement des eaux. D'où vient que les rugissements d'un fleuve n'empêchent pas de dormir, là où les ronflements d'un être humain paraissent insupportables ? Nous buvions des litres de thé jaune sur des terrasses en bois avancées au-dessus des écumes du Mékong. Les eaux charriaient les scories de l'Himalaya, barattaient la boue et les alluvions teintaient le fleuve en ocre. « De la terre liquide », disait Marianne, hypnotisée par le courant. Je lui promettais des voyages futurs au bout de la course du Mékong, à trois mille kilomètres plus au sud, dans le delta vietnamien, où il faudrait se souvenir que nous avions vu le fleuve à sa naissance. « Des fleuves, disait-elle, comme des hommes : ils commencent leur vie en vagissant et la terminent calmement, acceptant la mer, c'est-à-dire la mort. »

— C'est dans le *Tao*?

— Non, c'est de moi.

Le vert fluorescent des arpents de riz se mouchetait du fuchsia des turbans paysans. Les cultivateurs jouaient les équilibristes sur les rebords des parcelles. Certains labouraient les minuscules terrasses avec des buffles attelés dont nous nous demandions comment ils avaient fait pour les amener jusque-là, sur ces facettes, suspendues en plein versant. Des papillons géants se posaient sur la tête de Marianne, s'éventant lentement. Je trouvais bien laid le contraste entre la rousseur des cheveux et le turquoise des ailes et me disais que les races servent à cela : préserver l'harmonie des couleurs. Sur les reflets de jais des chevelures chinoises, les camaïeux des lépidoptères eussent été du plus bel effet.

Nous passions mollement d'un village à l'autre, sur des petites pistes où des autobus s'enveloppaient dans des voiles de poussière rouge. La mousson préparait ses assauts. Pour l'instant les cumulus jouaient à s'épanouir dans l'atmosphère comme les nuages de lait dans une tasse d'Earl Grey. D'immenses cathédrales ouatées s'amoncelaient vers le sud, déployaient leurs boursouflures dans la fournaise du ciel mais ne s'épanchaient pas : il faudrait encore deux ou trois semaines pour que les outres crèvent. Des garçons, à la proue de longues barques de bois, pêchaient en lançant des filets avec des grâces de danseurs. Le soir, les tôliers des auberges nous préparaient le poisson et nous mangions en silence, dans l'odeur de la citronnelle dont Marianne s'aspergeait la peau pour lutter contre la férocité des moustiques. Ils préféraient sa peau à la mienne et je pensais qu'ils avaient bon goût. Nous buvions des vins produits dans le Sichuan en écoutant les insectes striduler dans la nuit tropicale, avant de faire l'amour sur les plages de sable rose en hurlant notre saoul, couverts par les mugissements du fleuve.

Un soir, sous le toit de bardeaux d'une auberge tenue par un immigré tibétain dont l'unique soin semblait de nous convaincre de la supériorité du thé au beurre rance sur le Darjeeling anglais, nous rencontrâmes Sonam. Il avait trente ans et venait de Pékin. Son visage nous

avait frappés dans la petite salle du restaurant
où les lampes à huile projetaient des reflets
hésitants sur les estampes : des pommettes tail-
lées à la gouge, une peau burinée et des yeux
noirs, carnassiers, contrastaient avec les douces
faces d'albâtre des Han. Il enseignait le français
à l'université de Kunming et avait accompagné
pendant une semaine un groupe de touristes de
Limoges. Il s'était approché de nous à la fin du
dîner, demandant à voix basse si nous avions
quelques livres en français à lui vendre.

Nous avions égaré Paul-Jean Toulet au début
du séjour, je lui offris mon roman de Mircea
Eliade, Marianne, qui tenait à ses livres, ne parla
pas de son exemplaire du *Tao-tö-king*... Nous l'in-
vitâmes à boire le thé. Sonam s'assit et, s'expri-
mant timidement dans un français très assuré, il
nous raconta sa vie. Ses parents étaient des paysans du Gansu, prolétarisés dans les faubourgs
de Pékin. Il parla de ses années d'université, de
la fierté de sa mère quand il obtint son diplôme,
de sa vie dans les rails de l'administration, de
la grisaille d'une jeunesse provinciale dans les
marches de la Chine et de l'espoir d'un voyage,
un jour, en Europe.

— Vous restez encore longtemps dans le Yunnan ? demanda-t-il.

— Jusqu'à lundi, dit Marianne.

— Voyage très court, dit Sonam.

— Oui, mais loin, cela compense.

— Vous êtes allés au barrage des Trois-Gorges ?

Il nous décrivit la région, grande comme les deux tiers de la France, que les autorités chinoises avaient décidé d'inonder il y a vingt ans, pour construire le plus grand barrage du monde. Des milliers d'ouvriers avaient convergé des quatre points cardinaux du pays. Certains d'entre eux purgeaient là des peines de travaux forcés ou de relégation. Des baraquements en ciment avaient poussé sur les versants de la jungle, des villages de toile de tente avaient recouvert les champs cultivés pour contenir les flots de l'armée des terrassiers. Des enfants étaient nés et se voyaient enrôlés aussitôt en âge de brouetter. Le chantier digérait les hommes en Moloch insatiable. À la pelle, à la pioche, charriant la terre dans des paniers d'osier, l'immense marée humaine, à peine mieux équipée que les troupes des bâtisseurs de pyramides, à petits gestes d'insectes, avait commencé l'entreprise titanesque. On avait crevé la terre, arasé les reliefs, tranché le bois des forêts, canalisé les cours d'eau et levé une muraille de retenue de cent quarante mètres de haut à la seule force des muscles. Les maîtres du grand œuvre savaient pouvoir compter sur l'inépuisable réservoir humain pour suppléer le manque de machines. Sur le chantier, des adolescents, des vieillards épuisés, des femmes enceintes obéissaient aux hurlements des contremaîtres claquant comme des ordres de matons. Les lignes de train déversaient le ressac humain au fur et à mesure que les besoins de bras s'accroissaient. Dans l'effort collectif, on avait retrouvé l'enthousiasme des travaux de l'époque de Mao, c'était du moins ce que les médias d'État serinaient dans leurs bulletins. C'était l'un de ces chantiers prométhéens tels que l'Europe de l'Ouest, anesthésiée par ses régulations, tétanisée par ses doutes, intoxiquée de haine de soi aurait été incapable de mener. Aux Trois-Gorges, il s'agissait de rien moins que de retenir les eaux détournées du Yang-tseu-kiang. Lui, le fleuve Bleu, le dragon serpentin, aorte sacrée de l'Empire céleste, allait se voir étranglé, jugulé, asservi par la volonté des ingénieurs, des hommes politiques et du peuple assoiffé d'énergie. Les Chinois s'enrichissaient, l'économie s'emballait, le pays prospérait et la demande en courant électrique explosait. La nation sous tension réclamait des kilowatts. La lumière s'était allumée au plafonnier de la nouvelle Chine. À Pékin, on voulait son Assouan. Les autorités savaient que le peuple ne s'agiterait pas tant qu'il aurait de quoi s'éclairer, cuisiner le riz et se chauffer. Les dieux n'avaient pas prévu que le ruban nourricier de la plaine servirait un jour à faire tourner les turbines d'un barrage pour apaiser la voracité d'une nation obèse.

L'eau des lacs de retenue couvrait d'un linceul

la patience et le génie ancestraux des cultivateurs de rizière. Il ne restait plus rien de l'ha-
bit d'arlequin de ces campagnes rizicoles, de
ces plaines pareilles à des vitraux. Elles avaient
donné à la Chine sa civilisation en forçant les
hommes à inventer des systèmes de culture
d'une complexité extrême. Des milliers de kilomètres carrés de marqueterie immémoriale
avaient été engloutis. Des temples séculaires,
des grottes ornées de fresques bouddhistes,
des arpents de forêts primaires : tout avait été
noyé sous quarante milliards de mètres cubes
d'eau. Et aujourd'hui, un peu de l'âme morte du
fleuve cardinal de la Chine luisait d'une pâleur
faiblarde dans le filament des ampoules que des
millions d'humains allumaient à la même heure,
le soir, dans leur petit appartement, quand le
soleil du Yunnan se flanquait tristement derrière
les crêtes de l'ouest pour se masquer le désastre.
Les autorités, dans leur infini respect de la personne humaine, n'avaient pas tenu à noyer les
hommes. Près de deux millions de cultivateurs
avaient été déplacés, relogés dans des HLM de
béton où ils pouvaient ajouter aux cataractes
du barrage la fontaine de leurs sanglots. Comme
le fleuve, ils n'étaient plus que des morts-vivants
canalisés entre des murs.

— Je veux aller voir ça, dit Marianne.
— Tu t'intéresses aux barrages ? dis-je.

— Je m'intéresse à toute force en puissance, dit-elle.

— Je peux vous accompagner, je ne reprends les cours que lundi, dit Sonam.

Nous voyageâmes en autobus toute la journée du lendemain, à travers un pays montueux. Les collines étaient chevelues, la végétation oppressante et l'asphalte dans un état de décomposition avancée. Marianne dormit, je comptais les bornes kilométriques, Sonam flottait dans un songe. La ville de Sandouping, base avancée du chantier, avait fait les frais de l'explosion démographique, il y régnait une atmosphère de claque. Des chiens se disputaient des pneus à coups de crocs, des clochards se pintaient à la Tsingtao sous des porches de bâtiments en ciment. Partout clignotaient les néons des clubs de billard. La ville puait la violence, même la poussière était chargée de nervosité. On voyait des putes derrière les vitres des bouges. Les plus charmantes bourgades se métamorphosent en cités de desperados aussitôt qu'une goutte de pétrole jaillit du sol ou qu'une pépite affleure. On chercha un taxi à la gare routière, au milieu d'une mêlée de bagnoles hurlantes. Sonam s'engagea dans une âpre négociation avec un chauffeur auquel l'opium n'avait laissé aucune dent et n'accordait que quelques heures de répit par jour. On monta dans la Subaru. Marianne poussa les cadavres de bouteilles sous le siège du conducteur. Il fallut subir une heure de lacets dans une odeur de vomi séché.

— J'ai une surprise pour vous là-haut, dit Sonam.

Marianne et moi, abrutis de fatigue, avions cessé d'espérer arriver où que ce soit.

Enfin, le chauffeur rangea la voiture.

Au sommet du versant, nous dominions la mer. Elle était apparue, soudain, dans une trouée d'arbres. Une immense nappe liquide posée sur le monde, un ciel d'argent à la renverse. Sonam murmura :

— C'est l'une des vallées inondées. Ce lac, c'est l'avenir du sud de la Chine. La garantie de notre progrès. C'est ce qu'ils disent à la télé...

Le chauffeur, accroupi devant le pare-chocs de la voiture, fumait une cigarette. Il se foutait de « l'avenir du sud de la Chine ». Nous ne pouvions nous arracher à la contemplation de cet envahissement de la terre par le mercure. On devinait les anciens vallons, les combes, les échancrures et les festons du relief que les eaux avaient recouverts. L'eau s'était infiltrée dans la moindre faiblesse de la géographie. Sous le miroir avait vécu un monde, des bêtes, des plantes, des hommes. Des dieux peut-être ? Tout était mort. Vers l'ouest, fermant l'étendue, une immense barre de béton légèrement incurvée, hérissée de grues, recevait les rayons d'un soleil en déroute :

— Le mur du barrage, dit Sonam. Ils ont inondé un million de kilomètres carrés de terrain. Il faut rentrer maintenant.

Nous reprîmes nos places à bord du taxi, le chauffeur fit demi-tour. Nous traversâmes un hameau de quatre ou cinq maisons de bois que je n'avais pas remarqué à l'aller. Sonam fit arrêter la voiture.

— Descendez.

De là également, la vue embrassait la flaque aluminium, à six cents mètres sous nos pieds.

— Ce village s'appelle Zu, dit Sonam.

— Ça me dit quelque chose, dit Marianne.

— C'est le village natal de Lao-tseu, selon la tradition. Vous savez, le vieux maître, le *Tao-tö-king*…

— Mais évidemment que je sais ! dit Marianne. C'est inouï, je suis en train de lire le *Tao-tö-king*.

— Je sais, dit Sonam, je l'ai vu dépasser de votre sac au restaurant, hier. C'est même la raison pour laquelle je vous ai abordés.

— Quelle est la phrase que tu aimes tant, Marianne ? dis-je.

— « Il vaut mieux ne pas remplir un vase que de vouloir le maintenir plein. »

— Oui, dit Sonam, c'est un beau fragment du maître. Il est bon de le prononcer ici, devant le barrage.

Sonam regarda longtemps le lac. Le soleil était tombé et la pièce d'eau avait pris une teinte

anthracite. Un profond silence s'épancha autour
de nous, semblant sourdre de la nuit. La forêt
ne bruissait d'aucun son. Des lumières avaient
été allumées dans les fermes autour de nous.
Ces paysans, rescapés de l'engloutissement, se
préparaient à dîner. Soudain nous sursautâmes.
Sonam avait repris la parole :

— Dans ce village, un jour, Lao-tseu arrosait
son potager avec ses disciples. Il était muni d'un
petit arrosoir et passait de plante en plante, avec
lenteur et minutie. Un des garçons dit au vieux
lettré : « Maître, pourquoi ne creusons-nous pas
un petit canal pour irriguer tous les plants d'un
seul jet ? » Lao-tseu releva le bec de son arrosoir, regarda son élève et lui dit en souriant :
« Mon ami, jamais ! Qui sait où cela pourrait
nous mener ? »

La bataille

Aujourd'hui encore – et c'était déjà le cas à l'époque soviétique – il n'est pas rarc de trouver, y compris chez les gens simples, derrière les vitres de la bibliothèque, parmi les livres, les bibelots et les photos de famille, un petit buste de Napoléon. Moins rare, en tout cas, que d'y trouver un buste de Lénine.

JEAN-LOUIS GOURAUD
Russie, des chevaux, des hommes et des saints

— Dis-lui d'aller se faire foutre.

— Bien, Votre Altesse...

— Caulaincourt ?

— Sire ?

— Ajoute que je ferai des brochettes avec ses couilles.

— Oui, Sire.

— Et, Caulaincourt...

— Votre Altesse ?

— Et que j'irai chercher les oignons dans le propre potager de sa mère.

Pavel Soldatov avait sacrée allure sous le bicorne. Tous les ans, au mois de septembre, il présidait la commémoration de la bataille de Borodino, sur le champ de bataille historique. Là, en cette fin d'été 1812, sur la plaine piquetée de bosquets, les troupes de la Grande Armée avaient enfoncé les armées tsaristes. Napoléon avait harangué les siens : « Soldats, vous vous battez sous les murs de Moscou. » En réalité la capitale se trouvait encore à cent kilomètres plus à l'est. Une fois de plus, l'Empereur exagérait. Le choc avait été terrible. En quinze heures, soixante-dix mille cadavres s'étaient amoncelés sur le sol fangeux : Polonais, Français, Prussiens, Russes et Anglais mêlés dans les fondrières. Les Russes, étrangement, n'en avaient pas voulu à l'envahisseur corse. Près de deux cents ans plus tard, à l'aube du XXIe siècle, ils vouaient encore un culte à Napoléon. L'associaient-ils à un ennemi du tsar, au pourfendeur des injustices, à l'héritier de la Révolution ? Peut-être voyaient-ils dans la Grande Armée la préfiguration de l'Armée rouge ? Les Russes ont subi pendant des siècles le joug de satrapes asiates, ils acceptent d'être malmenés à condition que leur asservisseur manifeste une fermeté digne de leur fatalisme.

— Sire ?

— Caulaincourt ?

— Karpov me répète que vous avez dix minutes pour dégager et que, passé le délai, il donnera la milice.

— Réponds à cette face de bite que je ne parlerai qu'à mon homologue, le président Poutine.

— Mais, Sire, il dit que nous n'avons aucune chance et qu'ils sont plus de deux cents en face…

— Il ne sait pas de quel métal nos âmes sont frappées.

Pavel tira sur la bride de son étalon, effectua une demi-volte et, debout sur ses étriers, toisa ses arrières :

— Soldats de l'an 1812, les Nations vous regardent, la liberté triomphera comme elle a triomphé sur toutes les terres que vous avez fécondées de votre sang. Vous avez vu vibrer les pyramides dans la chaleur du Nil. Bientôt vous admirerez les trésors du Kremlin. Moscou nous oppose ses forces scélérates. Mais nous vaincrons pour la gloire de la France, l'amour de la liberté et le souvenir de nos braves !

Pavel Soldatov commandait une armée de mille hommes. L'Association de reconstitution des batailles napoléoniennes recrutait dans toutes les provinces de la Fédération russe. L'un des membres, un sergent, venait même de l'île de Sakhaline, à dix mille kilomètres de Moscou. Tous voyaient l'Histoire comme une succession de tableaux, un diorama monstrueux dont les peuples auraient constitué les figurants et les tyrans les metteurs en scène. Tous vénéraient l'Empereur et tenaient 1812 pour une année encore plus cruciale que 1917. Plombiers, chauffeurs routiers, professeurs d'université, musiciens, cultivateurs, épiciers, ils consacraient leur temps libre à briquer des uniformes du premier Empire confectionnés par leurs propres soins. Le week-end, ils réparaient le sentiment de s'être trompés d'époque en se réunissant, vêtus d'habits d'apparat ou de tenues de combat, dans un terrain vague jouxtant l'usine de saindoux n° 2 du village de Borodino. Là, été comme hiver, dans la canicule ou sous la neige, ils prenaient les rangs, s'entraînaient à charger dans la plus pure tradition française, répétaient les manœuvres en vue de la grande parade annuelle. Pavel, ancien général de l'Armée rouge, avait servi dans les blindés et cantonné dans le Gobi, le Caucase et sur les littoraux arctiques. À sa retraite, il avait été élu président de l'association, charge écrasante, hautement compensée par le fait qu'elle vous sacrait automatiquement avatar de l'Empereur français. Pavel tenait son rôle avec beaucoup de sérieux, il avait lu tout ce qui était disponible en russe, étudié les poses de Napoléon, appris ses meilleurs mots, fixé pendant des heures les portraits de l'« antéchrist corse » pour incorporer ses expressions. Une mèche rebelle qui lui balafrait le front, un embonpoint qu'il tentait de contenir dans des habits trop gainés, une pâleur du teint et un égarement du regard prouvaient aux adhérents du club que leur chef poussait la conscience professionnelle jusqu'au mimétisme. Certaines langues affirmaient que Pavel forçait sa femme, Anastasia, à lui donner du « Votre Altesse » quand il la besognait et qu'il n'ôtait jamais son bicorne chez lui, même dans son bain. On l'avait aperçu, en tenue, en plein après-midi, sur la terrasse de son appartement de l'avenue Koutouzov, à Borodino.

Trois semaines auparavant, au bureau de l'association, Pavel avait reçu un courrier du maire de Borodino, Evgueni Karpov. La lettre annonçait l'interdiction de la reconstitution. C'était un *niet* sans explications, signé de la main de Karpov. Ce gros édile enrichi dans le commerce d'engrais se fichait de la gloire française. Il pesait cent kilos, roulait en Hummer, passait ses vacances en Thaïlande, entretenait des étudiantes, couvrait sa femme de robes Dior et rêvait d'installer un jacuzzi dans la salle de bains de la datcha qu'il achevait de faire construire sur la route de Moscou.

Il avait entretenu jusqu'alors des relations cordiales avec « ce vieux dingue de Soldatov ». La concentration d'une troupe d'un millier de cinglés en shako, une fois l'an, dans les prairies de sa commune l'indifférait. Après tout, l'événement n'était pas mauvais pour lui. La presse nationale couvrait les festivités, les journalistes européens accouraient au spectacle et lui, réussissait chaque fois à se glisser au premier plan de la photo officielle. En outre, la mairie percevait son dû sur les recettes des petits marchands de brochettes caucasiens qui montaient leurs échoppes à la va-vite, à l'aube, autour du champ de bataille.

Et puis, il y avait Anastasia. La femme du général Soldatov travaillait depuis la fin de la Perestroïka aux affaires sociales de la mairie de Borodino sous les ordres de Karpov. Comme son mari la délaissait, hanté par sa mission, elle avait fini par céder aux avances de Karpov. Lassée de se faire sauter deux fois l'an par un type en bicorne qui jouissait en criant « Joséphine ! », elle avait offert au maire ses gros seins et son cul d'ancienne championne soviétique de gymnastique. Ils se retrouvaient dans la salle des archives de la mairie, entre deux réunions. Elle retroussait sa jupe, elle ouvrait grand la bouche, il lui demandait des choses impossibles, elle ne refusait rien, il lui offrait des piercings qu'elle se plantait dans les bourrelets du nombril. Au fond, elle préférait les dérèglements sexuels de son amant aux râles annuels que son mari entrecoupait de commandements réglementaires et d'ordres martiaux. Pavel était trop aveuglé par le soleil d'Austerlitz pour remarquer que sa femme portait des pendeloques qu'il ne lui avait pas offertes.

Cette année-là, les choses s'étaient grippées. Les élections approchaient. Karpov faisait campagne sous les couleurs du parti poutinien, Edina Rossia. Soldatov, emporté par son personnage, s'était épanché dans les journaux, critiquant la « vulgarité » de l'équipe en place à Borodino et claironnant que « l'Histoire aurait été bien inspirée de faire triompher les Français en 1812 pour épargner à la Russie ces nouveaux riches qui défiguraient le pays ».

Karpov avait décidé de sévir : il n'y aurait pas de déploiement impérial. Les napoléonistes n'avaient qu'à trouver un nouveau terrain de jeu. Il interdirait l'événement.

Quand Pavel avait pris connaissance du refus de Karpov, il n'avait pas cillé. Il avait replié le papier à en-tête et s'était fendu de ce mot : « Je lui enverrai dix mille boulets, qu'il aille se faire pendre en Iakoutie, on maintient la fête, l'Histoire jugera. »

En ce 7 septembre, mille soldats impériaux, dragons, uhlans, grognards, cavaliers, artilleurs, lanciers polonais et spahis enturbannés se tenaient immobiles, dans un silence de mort, sabre au clair, fusil chargé de balles à blanc, bottes cirées et casque rutilant, alignés, rangés, déployés sous le soleil de Borodino, au milieu de la grande plaine, derrière Pavel Soldatov, leur général, leur président, leur Empereur. Ils étaient face à deux cents miliciens spécialement dépêchés de Moscou à l'appel du maire. Karpov, pressentant que Soldatov ne plierait pas, avait téléphoné au FSB à Moscou. La direction des services, trop contente d'infliger une correction à ce général qui prenait un peu trop de liberté avec la liberté d'expression, avait répondu favorablement aux implorations du maire. Une compagnie des forces de maintien de l'ordre avait été détachée pour la journée. Il s'agissait des fameux Omon dont l'acronyme, sinistrement connu dans toutes les Russies, avait, à sa simple évocation, réussi à disperser bien des manifestations. Des centaines de badauds – ventres nus et shorts à fleurs – flanquaient le champ de bataille, avachis sur des bottes de paille, couchés dans des transats. On buvait de la bière dans d'énormes bidons de plastique. Ici et là, un transistor crachait les notes d'une chanson de variétés. Les mômes hurlaient, les chiens se reniflaient, les filles surveillaient leurs téléphones portables. Il flottait dans le ciel une odeur de mouton grillé.

Karpov, installé dans son bureau de la mairie, se rongeait l'ongle du pouce. Il hésitait à donner le signal. Il était convenu que les Omon ne chargeraient pas sans son accord. Leur capitaine attendait le coup de fil pour lancer sa troupe.

Les deux cents miliciens piaffaient d'impatience d'enfoncer cette bande emplumée. Casqués, bottés, vêtus de leurs combinaisons antiémeute, Taser à la main, les miliciens se réjouissaient à la perspective de donner une raclée à ces soldats de carnaval et à leur sale petit chef bicorné. L'avant-veille, place Pouchkine, à Moscou, ils avaient dispersé une manifestation de dissidents nationaux-bolcheviques autrement plus agressifs que ces bouffons emperruqués, armés de vieux mousquets, de fusils factices, de canons chargés à blanc et de sabres de bois.

Les deux troupes se faisaient face à quatre cents mètres de distance. Il était midi. La foule commençait à trouver le temps long. Les parents redoutaient d'avoir fait le déplacement pour rien. De temps à autre, un père de famille en marinière, canette de bière à la main, se levait d'une chaise en plastique et hurlait « Défoncez-les ! » sans préciser à laquelle des deux parties s'adressaient ses encouragements.

Karpov venait de s'entretenir au téléphone avec Igor, « un de ces foutus aliénés d'opérette », dont le général Soldatov avait fait son aide de camp et que tous les membres de l'association appelaient « Caulaincourt ». Il raccrocha, fulminant.

— Alors ? lui demanda Volodia Savroguine, second adjoint du maire, en charge de la sécurité.

— Alors, cet animateur de kermesse m'insulte du haut de sa carne étique. Il m'a traité de face de bite et veut Poutine en ligne !

— Il ne veut pas reculer ?

— Non, il a commencé à mettre ses hommes en formation de combat. Il fait 38° dehors, il n'y a pas un souffle d'air, il est devenu complètement fou ! Il y a pourtant des lieux réservés aux gens qui se promènent en bicorne. Ça fait longtemps qu'on aurait dû le piquer.

— Faites donner les Omon, monsieur le maire.

— Ça va être le massacre.

— Vous n'avez pas le choix, monsieur le maire. Vos électeurs ne pardonneront pas la faiblesse.

— Oui, Savroguine, vous avez raison, tant pis, tout est sa faute.

Sur la plaine, voyant manœuvrer les hommes de Soldatov, les Omon avaient rabattu leurs visières et dégoupillé les grenades lacrymogènes. Le véhicule blindé antiémeute qui couvrait la compagnie pointa le canon à eau vers les lignes impériales.

Soldatov galvanisait sa foule :

— Soldats ! Suivez votre empereur ! Sus à l'ennemi, vive l'Empire !

Une clameur se leva dans le groupe des spectateurs, un brouhaha de satisfaction. La foule avait son dû. Les mille hommes de Soldatov s'ébranlaient vers l'escouade de miliciens. Ils avançaient au pas, martelant la pauvre prairie de Borodino, la morne plaine harassée par de vraies armées, abreuvée de vrai sang et que les panzers avaient eux-mêmes labourée cent trente ans après les tentatives napoléoniennes. En face, stoïque, immobile derrière sa herse de matraques, la compagnie antiémeute attendait l'ordre. Même les plus aguerris des Omon trouvaient tout de même que cette foule en marche, cette concentration de grenadiers à pied en bleu, blanc et rouge, de cavaliers gantés portant les sabretaches des régiments de chasseurs, ces tambours-majors à plumet et ces dragons casqués de cuivre, ces lanciers à chapskas et ces porte-drapeaux à jabots ajourés, ces maréchaux vêtus de dolmans rouges, de pelisses chamarrées, le pantalon protégé par d'amples charivaris, cette troupe cliquetante arborant brocarts, panaches et cocardes, hérissée de fanions brodés d'or, ce flot humain levant poussière, mené par ce Solda-tov qui s'était couvert de gloire dans la défense de l'URSS, cette marée de rêveurs costumés, martelant de la semelle l'illustre champ de dou-leur, cette armée dont ils s'étaient tant moqués tout à l'heure ne manquait pas d'allure, impo-sait le respect. Ils regrettaient à présent d'avoir à cogner sur ces concitoyens romantiques qui n'avaient rien à voir avec les petits voyous anti-poutiniens moscovites, vendus à l'Otan.

Le téléphone portable du maire sonna au moment où il s'apprêtait à commander l'assaut.

— Karpov, c'est Anastasia.

— Tu tombes mal, ma chérie, je suis en train d'essayer de raisonner ton malade de mari.

— Je sais, je suis sur la prairie, je vois les Omon, ils ont sorti les lance-grenades. On dirait des rottweilers, ils sont prêts à charger.

— Je sais, ils attendent mon ordre.

— Tu sais que si tu touches à un cheveu de Pavel, c'est fini entre nous.

— Mais ma chérie, Anouchka... demain...

— Pas de « ma chérie », pas d'Anouchka... Tu remballes tes chiens de garde ou il n'y aura pas de demain ! Plus jamais. Tu peux dire adieu à mon cul.

Karpov, affreusement gêné par la présence de son adjoint, replié sur son téléphone, murmurait en se cachant la bouche dans les mains :

— Chérie... je ne peux pas parler...

— Plus rien, tu entends, je ne te marcherai plus dessus en te traitant de larve, je ne te donnerai plus de fessée, je ne te prêterai plus mes soutiens-gorge, tu n'auras plus de coups de pied, je ne t'ordonnerai plus de marcher à quatre pattes, plus de gifles, plus de cravache, plus de crachats, rien !

— Anastasia ? Anastasia ? Allô...

La femme du général Soldatov avait raccroché. Sur la plaine de Borodino, les premières lignes de grenadiers n'étaient plus qu'à deux cents mètres des Omon. Soudain, le capitaine de la milice antiémeute porta la main à son oreillette et, après un instant d'hésitation, donna à la compagnie l'ordre de se replier. En formation parfaite, les deux cents miliciens refluèrent. Une clameur sauvage de triomphe s'éleva dans les rangs de Soldatov. Les grenadiers accélérèrent le pas, Pavel mit son cheval au trot. Hussards, dragons et carabiniers suivirent le mouvement. Les hurlements du public couvraient la cavalcade. L'armée napoléonienne chargeait de toute sa puissance. On accéléra. Les grenadiers couraient, les cavaliers galopaient, Soldatov en tête grisé par le souvenir. Les miliciens n'eurent que le temps de se jeter dans les véhicules blindés qui démarrèrent sans même attendre que les portes se referment. Alors, Soldatov, sabre levé au-dessus du bicorne, magistral dans sa pèlerine d'hermine, leva la main gauche pour arrêter sa troupe et hurla le mot que mille gosiers reprirent en chœur : « Victoire ! » Puis, apercevant sa femme dans les rangs des badauds, il galopa vers elle, le cœur fou de fierté, persuadé qu'elle devait fondre d'amour comme s'était pâmée Marie-Louise le jour où elle avait reçu le billet où l'Empereur lui annonçait la prise de Moscou.

La ligne

> Quand, au lendemain de la guerre de 14, on introduisit l'électricité dans mon village natal, ce fut un murmure général, puis la désolation muette.
>
> **CIORAN**
> *De l'inconvénient d'être né*

— Émile ?

— Piotr ?

— On se connaît depuis… ?

— Douze ans.

— Comment expliques-tu que je continue à te faire confiance ?

— Garde tes forces, mon vieux, écoute le froissement de la neige, imprègne-toi de la beauté de la nuit sibérienne, elle est notre souveraine, elle nous enveloppe et son haleine…

— Émile ?

— Oui ?

— Je t'emmerde.

La nuit, tout est plus long. Pas de paysage pour se désennuyer. L'effort de la marche s'augmente de l'inexistence des repères. L'impossibilité de tronçonner la distance à abattre décourage les plus vaillants. À la lumière, le marcheur se fixe des objectifs, prend ses amers, se replie en lui-même en attendant d'atteindre son point de visée, puis en détermine un autre et renouvelle l'opération jusqu'à la halte. Mais dans le noir, on erre. La nuit, cette mangrove aspire la volonté. Alors, pour marcher, il faut une sacrée raison : les flics au cul, un rendez-vous d'amour. Ou bien une vie intérieure à l'image de ces tarés dostoïevskiens, starets de monastères et fols en Christ qui pérégrinaient dans la noirceur pour la mortification des pieds et le salut de l'âme. Si l'on n'a pas de pensées où plonger, la marche sous les constellations est un interminable calvaire.

Piotr détestait cette expédition. Il restait à la traîne. À la traîne d'Émile, à la traîne de la trace dans la neige, à la traîne du faisceau de sa lampe. Depuis des heures, son horizon se réduisait aux troncs des arbres, blancs pour les bouleaux, noirs pour les cèdres.

— Tu es sûr de ta direction, Émile ?

— Ta gueule, Piotr.

— Merci, tu me rassures.

Cela devait faire trois heures qu'ils marchaient. Piotr n'osait pas consulter sa montre. Pour l'atteindre, il fallait s'arrêter, enlever les moufles, relever les manches de la veste et les couches de laine – bref, l'opération était si fastidieuse qu'il préférait vivre hors du temps. La neige était profonde, l'effort démesuré pour arracher un pas. Ils avaient roulé deux heures sur la piste, laissé la camionnette sur le bas-côté, à cent kilomètres du village, et s'étaient enfoncés plein sud, chaussés de raquettes. Émile avait juré sur la tête de son neveu qu'ils n'avaient que huit kilomètres à parcourir. Il s'orientait avec un GPS américain, acheté à Saint-Pétersbourg l'année d'avant, mais Piotr n'avait pas confiance en ces boîtiers de plastique réglés sur des satellites de l'Otan. Comment pouvait-on imaginer qu'un truc gros comme une boîte à savon puisse recueillir des informations spatiales qui établiraient une position au mètre près, dans cette taïga oubliée du reste du monde ?

— Émile ?

— Quoi, Piotr ?

— Il reste combien de temps ?

— Deux kilomètres, dit Émile.

— Oui, mais combien de temps ?

— Ça dépend si tu la fermes ou pas.

— On n'aurait pas dû boire avant de partir.

— C'est toi qui as voulu.

— Justement, j'ai soif.

— Encore cinq cents mètres et je te fais un feu, d'accord ?

— D'accord.

Ils ahanèrent une demi-heure et brusque-
ment, dans une clairière où le vent avait décapé
la neige, Émile jeta son sac et déclara la halte.

— Mon vieux, il reste un kilomètre et demi
et on y est.

— Juré ?

— Sur les larmes de Notre-Dame-de-Toutes-
les-Douleurs.

— Salaud, tu ne crois à rien.

— À la douleur, si.

Piotr s'écroula sur son sac, Émile s'activa. Il
ramassa des branches mortes, déblaya la neige
avec sa pelle, disposa le bois et l'arrosa d'un
demi-litre d'alcool à brûler qu'il transportait
dans un bidon : il avait passé l'âge de faire partir un feu dans les règles de l'art. Il déboucha
une bouteille de vodka et tira de la poche intérieure de son large manteau un saucisson de
porc qu'il entreprit de couper à grosses tranches
avec le poignard qui lui battait le haut de la
cuisse gauche et sur la lame duquel s'étalait le
nom d'une ville du Caucase réputée pour ses
égorgeurs. Les deux hommes s'étaient connus
pendant la deuxième guerre de Tchétchénie,
déclenchée avec ce raffinement que les Russes
mettent depuis des siècles dans la résolution de
la question caucasienne. Tous les deux faisaient
leur service militaire dans les troupes de montagne et un assaut particulièrement violent dans
un quartier de Groznyï, en décembre 2001, les

avait liés à jamais. Ce jour-là, Piotr s'était éloigné derrière un tas de gravats. Quand les roquettes de RPG-7 étaient tombées, il avait bondi de son trou, le pantalon aux chevilles, et s'était cassé la gueule à découvert, du mauvais côté du trottoir, à cinq ou six mètres des sacs de sable où ses compagnons tentaient de le couvrir. Si Émile n'avait pas bondi pour le tirer par le col alors que les camarades de la section sulfataient l'ennemi avec les 250 coups-minute de l'AA12 (une arme qui œuvrait beaucoup à cette époque-là pour la diffusion de la civilisation occidentale dans les replis tchétchènes), il se serait fait déchiqueter le cul par les rebelles qui maniaient le fusil Dragunov mieux encore que le couteau. Le soir, sous la toile de tente kaki qui sentait le goudron, le capitaine avait raconté à Piotr que George Orwell, pendant la guerre d'Espagne, avait renoncé à tirer sur un fasciste espagnol débusqué d'un trou de chiotte. L'Anglais prétendait qu'un fasciste qui court en se tenant le pantalon est avant tout un être humain. L'anecdote n'avait pas rassuré Piotr : on ne pouvait la transposer au conflit caucasien. L'essayiste anglais était plus civilisé que les brutes barbues qui tentaient d'imposer la charia à l'ombre de l'Elbrouz.

Le feu brûlait bien, le reflet des flammes dorait les bouleaux. Les arbres avaient la couleur des cierges.

— Tu vois, Piotr, pour nous, ce soir, la civilisation, c'est le halo du feu. Au-delà, c'est la nuit, le danger, les bêtes sauvages.

— La nuit est un cul de Tchétchène.

— À quoi boit-on ? dit Émile.

— Au feu de bois, dit Piotr.

— Il finira par mourir, dit Émile.

— Alors, on partira, dit Piotr.

Ils versèrent quelques gouttes sur le sol à la manière des Sibériens ou des anciens Grecs. Ils burent leur dose cul sec et Piotr emplit à nouveau les verres.

— Regarde ton ombre, mon vieux ! C'est pour cela que nous sommes là. Regarde danser ton ombre, bon Dieu ! et l'ombre de nos silhouettes sur les taillis, c'était cela ! C'était exactement cela, je te dis. Une magie de chair et d'ombre. Une valse d'encre et de miel.

Émile avait l'air hagard et les yeux exaltés. Il ressemblait à ces saintes catholiques du XIXe siècle qui donnèrent nom d'« extase », de « pâmoison » et d'« état de grâce » à une sensation pour laquelle il existait plein de mots salaces.

— Je la revois... continua Émile, je revois l'ombre de Sviéta sur le mur de bois. J'avais l'impression de baiser une ombre chinoise. Tu as déjà baisé une ombre chinoise, mon vieux ?

Deux semaines auparavant, Partisan, le hameau où Émile et Piotr travaillaient à la scierie n° 1, avait été plongé dans l'obscurité pendant quarante-huit heures. À cent cinquante kilomètres de là, à la naissance de la ligne électrique qui convoyait le courant vers Partisan, un court-circuit avait incendié l'un des boîtiers du transformateur de Rietchka. Les agents de la compagnie avaient mis deux jours à réparer l'avarie. Au village, on avait retrouvé les vieux réflexes. On avait ressorti les lampes à pétrole, réactivé les poêles à bois. Les Russes ne s'affolent jamais quand le confort recule. Dans ce pays, le jour où les oléoducs cesseront de cracher le pétrole, on n'aura aucun mal à revenir au mode de vie du XIXe siècle. Pendant deux nuits, les bougies vacillèrent derrière le carreau des datchas. Le hameau, dans l'obscurité mouchetée de carrés d'or, prit des allures de peinture sur laque. On s'était très bien accommodé de ces heures de panne. Après tout, l'électricité publique n'était arrivée que très récemment dans ces confins : l'année où Poutine avait relancé les efforts d'exploitation des ressources dans les parages arctiques.

Émile ne tarissait pas. Piotr l'écoutait d'autant plus patiemment qu'il était installé, contre une souche, le cul sur le sac, chauffé par le feu, engourdi d'alcool. Il avait cette politesse des gens confortablement assis.

— Avec Sviéta, on n'a jamais baisé comme ces deux nuits-là, mon vieux. On avait allumé des bougies sur la table et il y avait la vieille lampe-tempête de mon grand-père posée devant l'icône de la Vierge de Notre-Dame-des-Affligés. Sviéta ? Elle est devenue serpente, elle se cambrait et regardait le cerne de sa croupe vacillante, souple, projetée sur le mur de rondins par la flamme des bougies. Le tremblement des ombres sur les murs, au plafond, sur la porte l'excitait comme une chienne de traîneau samoyède. Elle est devenue une ombre. Une ombre, c'est attaché à son objet, ça essaie de s'échapper, ça se tord de douleur, ça supplie qu'on la libère. Elle frémissait, s'assouplissait. Une flamme noire vivante, je te dis ! Et les lueurs donnaient vie à sa peau. Elle miroitait, mon vieux ! Davantage encore que la surface gelée d'un lac saupoudré de soleil à travers les nuages. Sa peau, je ne l'avais jamais vue comme ça. On ne devrait regarder les femmes qu'à la lueur des cierges ou de l'acétylène. Nos aïeux devaient prendre leur pied autrement mieux que nous en forniquant sous leurs tentes, éclairés par leurs mèches à huile. Son ventre ! Piotr ! Son ventre ! Un tapis de prière brossé par les flammes, léché de lueurs. De la neige sous un soleil rasant : le moindre grain en était révélé ! Un jour, je suis allé à l'Ermitage, à Saint-Pétersbourg, avec les komsomols, et j'ai vu comment ce Français, Gauguin – un pauvre cloche syphilitique –, peignait ses vahinés : des grosses filles humides, vautrées dans des barcasses, les

membres ouverts, des animaux marins, gonflés
de sang, de foutre et de sel. Eh bien ! Sviéta
avait cette peau ce soir-là, couleur de bière, de
beurre, de caramel chaud, tachetée comme le
ventre d'un omble. Tu entends, putain de bite,
Piotr. Et cette texture, il n'y a que le pinceau
d'un peintre français à pouvoir la rendre ou la
lueur des bougies. Je baisais une femme-icône,
mon pote ! Je découvrais une autre Sviéta et de
sa chatte coulaient de longs filaments. Et l'intérieur de ses cuisses était veiné de traînées d'albu-
mine qui s'argentaient dans les flammes. Même
le duvet sur son ventre s'éclaircissait légèrement,
rosissait et me faisait penser à l'étoupe d'ama-
dou que l'étincelle allume. Et je n'en pouvais
plus de cette palpitation, et je fixais ses yeux,
et ses pupilles que la lumière ne fécondait pas,
ces deux fentes noires, effrayantes, blessées d'un
minuscule éclat de flamme, ces deux fentes de
demi-Asiate insondable que le tamisage de la
lumière avait rendue soumise. Quand elle a joui,
elle a fermé les yeux et j'ai cru que le vent avait
soufflé mille bougies.

— Merde, Émile, tu m'excites. On se casse,
dit Piotr.

Il se leva, écrasa le feu de sa botte, rangea la
bouteille et la hache. Ils quittèrent la clairière
et passèrent l'orée. Pendant quelques minutes,
ils marchèrent en silence, il fallait s'extirper de
la torpeur, lutter contre l'instinct qui appelait

à revenir auprès des braises, il fallait replonger dans l'immonde nuit, réhabituer le corps à la mécanique de la marche, laisser la chaleur de l'effort se répandre. Ils avançaient, précédés chacun d'un panache de vapeur.

— Émile, enfin, pourquoi on fait ça tous les deux ? Vous n'aviez qu'à recommencer avec vos fantasmes d'igloos et de lampes à graisse de phoque.

— Ce n'est plus pareil, mon vieux. Ils ont rétabli le jus, on entend la radio des voisins. Il y a la putain d'enseigne du magasin en face de chez nous. Les veilleuses des appareils électroniques clignotent. Et puis, elle, elle ne résiste pas, elle regarde la télé jusqu'à 11 heures. Pour elle, les bougies, c'est un secours. Moi, je lis au lit en l'attendant, après, on baise sous un néon clinique. J'ai retrouvé ma femme, j'ai perdu une salamandre.

Ils débouchèrent soudain sur une tranchée large de trente mètres au milieu de laquelle courait une ligne électrique. Émile fit asseoir son ami sur le sac, à la lisière des arbres, et fureta longuement à l'orée de la saignée. Il revint, claironnant :

— J'ai trouvé un cèdre haut de trente mètres, il fera l'affaire.

Mettre en œuvre la tronçonneuse et couper l'arbre prit vingt minutes. Le cèdre oscilla quelques secondes et dans un craquement de colonne vertébrale s'abattit sur la ligne électrique. Une succession d'étincelles indiqua que le fil s'arrachait de ses attaches et cinq poteaux furent couchés sous la violence du choc.

— Voilà, mon vieux, le temps qu'ils trouvent l'endroit et réparent les dégâts, on a au moins quatre ou cinq jours. Viens vite, rentrons !

Piotr ajusta le sac sur ses épaules et, mettant ses raquettes dans la trace de l'aller, soupira :

— *Davaï*, mon salaud de cochon, allons-y, ne fais pas attendre Sviéta.

L'ermite

> Quelle chose étrange que la solitude, et
> comme elle est effrayante.
>
> **KRISHNAMURTI**
> *Commentaires sur la vie*

S'accouder au bastingage d'un bateau est aussi agréable que se tenir au comptoir d'un bistro, les yeux sur les taches rondes laissées par les verres. La Lena coupait la taïga. Il restait deux mille kilomètres jusqu'à la mer des Laptev. Le navire, un bateau à vapeur de l'époque brejnévienne, marchait à huit nœuds. Les Russes le mettaient en service pendant la saison d'été. Ces hommes avaient supporté le communisme pendant soixante-dix ans et continuaient à entretenir des machines hors d'âge. Les Russes n'ont aucun respect pour leur propre existence mais un sens pathologique de la conservation des objets.

Je me souviens d'un numéro de *Pour la science* de novembre 1997 : un entomologiste allemand

y expliquait que le hanneton ne peut mathéma-
tiquement pas voler. Si l'on modélise les para-
mètres anatomiques et physiologiques de l'insecte
– son poids, la surface de ses ailes, la fréquence
des battements –, il devrait s'écraser. Le miracle
est que la bête se montre capable de voler contre
les lois algébriques. La course du hanneton dans
le ciel de juin est un camouflet à la science. En
regardant l'eau du fleuve caresser les flancs de la
coque, je me disais que la Russie est aux nations
ce que le hanneton est à l'Évolution : une aberra-
tion. Ce pays, au bord de l'écroulement, poursuit
de siècle en siècle sa marche inaltérable. Il titube
mais ne s'effondre pas.

Donc, les sapins. Ils défilaient bien sages et
vieux de près d'un siècle. J'avais peut-être eu tort
d'embarquer. Le défilement d'une rive fluviale
aux environs du cercle arctique est une expé-
rience métaphysique de la monotonie. Je buvais
une bière Baltika n° 3 dans une chope de verre à
grosses incrustations. Parfois, je levais mon verre
et essayais d'aligner le niveau du liquide avec
l'horizon. Une façon de trinquer avec le monde
lorsqu'on boit seul.

Je reconnus tout de suite le capitaine. Un flan-
drin de cinquante ans, étonnamment efflanqué
pour un Sibérien. Les hommes massifs jouissent
de respect ici et j'ai vu des Russes vider un pot
de mayonnaise à la cuillère à soupe alors qu'il
ne faisait même pas très froid dehors. Ses che-

veux bataillaient dans le vent. Il avait une veste de tergal mal coupée avec trois barrettes aux épaules. Pour rire, je me mis au garde-à-vous. Il me rendit mon salut. Je fus honteux car il se figea avec beaucoup de dignité.

— C'est vous le Français ? dit-il.

— Oui, dis-je.

— C'est à la vente, ils m'ont dit que nous avions embarqué un Français pour la croisière et qu'il fallait essayer de ne pas s'échouer.

— Ah ? dis-je.

— Pour l'image du pays.

— Ah, ah ! fis-je.

— Est-ce que Pierre Richard est toujours en vie ? demanda-t-il.

— Oui, dis-je.

— Et Mathieu ?

— Le peintre ?

— Non, Mireille.

— Je crois qu'elle est morte, dis-je.

— Non, pas du tout, elle est en vie. Je pose la question aux passagers français pour voir. Vous pensez tous qu'elle est morte. C'est un mystère.

— Admettons.

— Tout va bien à bord ?

— Oui, merci, c'est très agréable.

— Vous visitez la Yakoutie ?

— Non, enfin oui, c'est-à-dire que je suis ingénieur, je travaille là-haut.

Je fis un petit geste vers la proue.

— Sur les plates-formes pétrolières de la mer Arctique, ajoutai-je.

— Ah ? fit le capitaine.

— Oui.

— Lukoil ou Sibneft ?

— Lukoil.

— Et là, vous vous rendez à votre travail... en bateau à vapeur ?

Il ne me croyait pas. Trois jours d'embarquement m'avaient donné l'allure d'une épave. Je ne ressemblais pas à un sismologue capitaliste.

— J'avais dix jours, dis-je. Au lieu de rentrer en France, je suis descendu à Iakoutsk et je reviens lentement au boulot en me payant une croisière. En France, on dit « faire d'une pierre deux coups ».

— En russe, « le même coup de knout pour deux innocents ».

Le capitaine s'appuya sur le bois dépoli du plat-bord. Il était agité et un peu triste. Je le classai dans la catégorie « artistes » de la typologie que trois années de séjour dans l'Arctique sibérien m'avaient permis d'élaborer. Les Russes sont dotés de personnalités marquées par l'Histoire. Le temps agit en gouge sur leurs visages. La violence, l'âpreté ont sculpté des sillons dans la viande des faces. Dans les longueurs de la nuit arctique, là-haut, coincé dans ma prison off shore, je rêvais souvent d'écrire une *Anatomie des foules russes*, à la manière de Gustave Le Bon.

Lorsque je rencontrais un Russe, je le rangeais dans l'une des cinq catégories sociomorphologiques auxquelles – pour le moment – aucun de mes interlocuteurs n'avait échappé.

Artiste itinérant et persécuté : escogriffe à peau pâle, yeux délavés, gestes brusques, tient des propos inconséquents, cheveux filasse, conversation confuse plus proche du charabia dostoïevskien que de la tendresse tourguénievienne, intérêt marqué pour l'ésotérisme et toute forme de spiritualité – sauf coranique.

Chasseur sanguin et boute-en-train : personnage gros, fort, peau tendue et très rose, yeux bleus, cheveux drus, blonds et souvent ras, très énergique, bavard, voix forte, grand buveur, équivalent slave du tartarin provençal, vit en province ou dans un village, doué pour la combine et la mécanique, terrible sens pratique, indifférence abyssale pour l'art.

Conspirateur raspoutinien neurasthénique : type brun, phénotypes abkhazo-géorgiens, petite taille, traits marqués par les tragédies, cachant sa morgue sous une barbe ou une moustache brune, silencieux et soumis d'apparence, héritier d'un passé complexe et trouble, idées politiques proches du nihilisme, mépris assez élégant pour la vie, a alimenté les rangs des penseurs blêmes et antitsaristes de la fin du XIXe.

Jeune fantassin enthousiaste casseur de fasciste : type musclé, beau, apollinien, sourire carnas-

sier, nez très fin, visage viril, aurait pu servir
de modèle pour les sculptures staliniennes ou de
figurant dans une charge héroïque filmée par
Eisenstein.

Businessman arriviste enrichi par la chute de l'URSS :
parasite qui doit sa prospérité au dépeçage
de l'Union soviétique, individu flasque, blanc
et gros, cachant son manque d'éducation et sa
crasse culturelle sous des vêtements lamentable-
ment assortis, un amas de gadgets prétentieux et
la satisfaction de soi-même, possède davantage
de sens du kitsch que du beau, souvent moscovite,
considère la nature comme un parc d'attractions
et les bêtes sauvages comme des cibles pour le
tir à la carabine.

— Capitaine !
— Oui ?
— Je vous offre une bière ?
— Merci, oui.
— En France, les capitaines disent toujours
qu'ils ne doivent pas boire pendant le service.
— Ah, soupira-t-il, la délicatesse, la France,
la civilisation.

Je pensais qu'il se moquait. Je revins avec une
Baltika n° 3, fraîche. L'or crépita sous la mousse.

Nous trinquâmes à la rencontre. La rive s'éter-
nisait. Nous passions en revue la morne plan-
tation des sapins vert de bronze : baïonnettes
des immensités. Le grondement du moteur nous

paraissait aussi naturel que les battements de nos
cœurs. Apparut une trouée dans les bois, une
clairière d'une centaine de mètres de largeur
courant le long du fleuve. Une cabane en ruine
trônait au milieu d'un champ de souches. Les
herbes envahissaient la place. Le tableau me
fit une forte impression, il s'en dégageait une
beauté violente.

— C'est la cabane de Constantin le Bienheu-
reux, dit le capitaine.

— Un saint ?

— Il vit toujours.

— Ici ?

Déjà le bateau emportait la vision. Le sillage
d'un navire est pareil à la vie : une broyeuse. La
clairière, en arrière, trouait d'une tache floue
la muraille des arbres. Le capitaine fixa l'aval.

— Non, la cabane est abandonnée. Lui, je
l'ai bien connu. C'était un chauffeur de tram-
way d'Iakoutsk. Un type magnifique. Un jour, sa
femme est morte d'une phlébite et lui décida de
vouer son âme à Dieu.

— C'est drôle.

— Qu'est-ce qui est drôle ?

— Dans le malheur, certains maudissent le
nom de Dieu et d'autres se précipitent vers Lui.

— Tout dépend de l'amour dont vous a com-
blé votre mère.

— Votre mère ? dis-je.

— L'intensité de la foi est inversement proportionnelle au degré d'affection reçue. Les enfants qui ont été trop choyés font de mauvais chrétiens. Les autres cherchent la chaleur dans la prière. Le Père est une mère pour les mal-aimés...

— Ah, dis-je.

— C'est ce que je crois, dit le capitaine.

— Oui.

— C'est une théorie, ajouta-t-il.

— Et Constantin ? dis-je.

— Quand Aliona mourut, il démissionna de la compagnie urbaine de transport. C'était pendant la Perestroïka de Gorbatchev (le capitaine cracha dans l'eau). Il vendit son appartement et il disparut. On retrouva sa trace six mois plus tard : il s'était construit la cabane que vous avez vue, un cube de trois mètres sur quatre avec un poêle, deux fenêtres et un auvent pour les bûches.

— Pourquoi avez-vous craché dans l'eau ?

— Gorbatchev a liquidé notre Union. C'est moins qu'une bite.

— Et Constantin, de quoi vivait-il ?

— Il avait apporté des vivres de la ville, des bidons de farine, du riz et du thé. Parfois un bateau s'arrêtait pour lui déposer des produits. Il pêchait et chassait un peu au début mais, très vite, il a arrêté parce qu'il ne voulait pas « détruire les créatures de Dieu », comme il disait. De temps en temps, je lui rendais visite,

surtout l'hiver. Je partais d'Iakoutsk à l'aube et,
en huit heures de route sur la glace, j'arrivais
chez lui. Il vivait pauvrement, il aimait bien me
voir, je crois. Il m'offrait du thé, on s'asseyait
devant la fenêtre et il me parlait de Séraphim.

— Séraphim ?

— Séraphim.

— Qui est-ce ?

— Séraphim de Sarov, un saint russe. Un
renonçant, reclus dans la forêt, pendant quinze
ans, au siècle dernier. À la fin, le saint est devenu
légèrement abruti : les ours venaient lui man-
ger dans la main. La nuit, il se couchait contre
le flanc des cerfs. Vous, vous avez saint Fran-
çois d'Assise, nous, nous avons Séraphim : des
hommes qui ont tiré les conclusions de la vie en
société et ont fini par préférer la conversation
des bêtes. Constantin voulait lui ressembler.

— Et alors ?

— Au début, ça a bien marché, il était heu-
reux, il se consolait de son deuil, il priait l'icône
de la Vierge de Kazan pendant des heures, il jeû-
nait et partait dans les bois avec son chien. Une
ou deux fois je l'ai accompagné, c'était un drôle
de spectacle : il s'adressait aux choses, il saluait
les oiseaux, il caressait les arbres, il demandait
de leurs nouvelles aux fleurs, parfois il se pen-
chait sur un petit champignon et il le félicitait
de sa bonne couleur rose ou bien il voyait que
le travail d'une fourmilière n'avait pas beaucoup

avancé et il disait doucement : « Ce n'est pas bien, petites mères, l'hiver approche et vous n'êtes pas prêtes. » Pour tout dire, il était cinglé. Un jour, je l'ai vu avaler un quignon, il s'est assis sur la mousse et il a mangé son pain en le partageant avec un petit scarabée, des fourmis, un oiseau qui guettait sa part sur une branche de mélèze et un écureuil qui descendait de l'arbre pour chercher la sienne et remontait aussitôt pour la dévorer. Je regardais la scène. Constantin s'est levé et a dit : « Mes amis t'ont trouvé très sympathique. »

— Il ressemblait à quoi ?

— Il a beaucoup maigri la première année et il a commencé à perdre ses dents, on ne comprenait plus grand-chose à ce qu'il racontait. La barbe avait tellement poussé… Il y avait ses deux yeux bleus. On avait l'impression qu'ils allaient foutre le feu à la broussaille. Quand il croisait un animal, il devenait joyeux. Mais dès qu'il rencontrait un homme, son regard se voilait, son front se plissait : quatre sillons. C'était devenu un ange, il s'éloignait de nous.

— Mais pas de vous ?

— Moi, il me tolérait. J'étais son ami. Je ne parlais pas trop, je partageais son silence, je ne posais aucune question. Il m'avait dit une fois que les questions sont des coups de poignard, la marque du sans-gêne. Les gens arrivent, ne vous connaissent pas, vous secouent la main et

se mettent à jouer aux flics en vous assommant
de questions. Je pouvais rester une soirée entière
à boire le thé avec lui sans un mot. Ces courtes
visites me changeaient de mon foutu vapeur.
C'étaient des incursions dans la Russie d'autre-
fois.

— Dans la Russie de Leskov.

— Dans la Russie de Lermontov.

— Dans la Russie de Chestov.

— Monsieur a ses lettres, dit le capitaine.

— J'ai surtout du temps sur les plates-formes,
là-haut.

— Lui aussi, il avait du temps. Imaginez l'hiver, seul, dans un cube de rondins. Dehors :
– 40 °C, le vent, le soleil qui rôde, malade, pendant cinq ou six heures, dans un ciel de clinique
et les heures blanches, épouvantablement silencieuses qui passent, qui tombent, une à une,
identiques, et lui, devant la fenêtre, à regarder
le cadavre de l'hiver en serrant dans sa pogne
sa tasse fumante. Après, il y a eu un problème.

— Il a bu ?

— Non, mais, à Iakoutsk, on a commencé à
parler de lui. Un ermite, à huit heures de route
de la ville, c'est un spectacle. Irina Soltnikova,
une journaliste du quotidien de la région auto-
nome, a passé deux heures là-bas et elle a fait
un papier à la con : « Saint Séraphim de Yakoutie », avec une photo de Constantin qui avait un
regard bizarre. L'article précipita les choses. Il

commença à recevoir des visites. Chaque week-end, les gens venaient par voie de glace, en voiture avec la famille. Ils étaient pleins de bonnes intentions, ces abrutis. Ils allaient voir le « fol en Christ », le « reclus des taïgas », comme on l'appelait. Ils lui apportaient de la farine, du fromage, de la bière. Ils se faisaient prendre en photo, ils lui disaient : « Bravo, continuez, on en rêve tous. » Ils lui mettaient la main sur l'épaule. Lui aurait préféré recevoir un coup de poing dans la figure qu'une tape familière. Et puis les gens repartaient en laissant leurs traces de pas dans la neige. Constantin était devenu une attraction et sa clairière un zoo. Il y a des ermites qui ont fini assis sur des colonnes. Était-ce pour se rapprocher de Dieu ou pour fuir les emmerdeurs ?

— C'est une bonne question. Et il est parti ?

— Non, il a fait mieux. Il avait tué et dépecé un ours au moment de son installation. Quand une voiture pointait au loin, il s'enroulait dans la peau, passait un collier de dents et de griffes de fauves et recevait les gens comme cela, un bâton à la main. Il ne répondait plus à aucune question, il poussait des grognements. Vous imaginez les gens, flanqués de la marmaille, venus pique-niquer avec le « sage de la Lena » et qui se retrouvaient devant un sauvage à demi aliéné. Cela en a découragé certains, mais il y avait toujours des candidats.

— Vous savez, dis-je, le regard d'un singe dans une cage est l'une des plus grandes hontes de l'homme, et cela n'a jamais dissuadé aucun bourgeois de traîner son mioche au zoo.

— Je n'ai jamais été au zoo, dit le capitaine, et je n'ai pas d'enfants.

— Moi non plus, dis-je.

— Et puis, au milieu de l'été, il a tombé la peau d'ours et il est resté tout nu. Les types arrivaient chez lui pour passer la journée et ces salauds avaient le culot de dire : « Constantin, voyons, tu ne peux pas rester tout nu, il y a nos femmes. »

— Et qu'est-ce qu'il répondait ?

— Il hurlait. Il courait dans la clairière, la bite à l'air, avec sa barbe de deux ans, en beuglant comme un chameau, voilà ce qu'il a commencé à faire. J'aime autant vous dire que les gens ne restaient pas longtemps. Une fois, des types sont venus d'Irkoutsk pour le voir, des espèces d'ethnologues, des savants très préoccupés de notre Constantin. Quand ils sont arrivés dans la clairière, ils l'ont trouvé couvert de boue en train de se rouler dans une flaque comme un sanglier. Il les a chargés et les pauvres types qui s'étaient tapé cinq heures d'avion et dix heures de bateau à moteur sont repartis en courant. Ils ont raconté partout que le chien de Constantin lui-même semblait mort de peur et avait essayé de s'enfuir avec eux. Du coup, Irina Soltnikova,

celle par qui tout était arrivé, s'est sentie respon-
sable. Elle est venue trouver Constantin en plein
été. Quand il a vu le canot à moteur aborder à
la berge, il est monté sur le toit de sa cabane
et il est resté là, à poil, pendant deux heures,
tantôt sur une jambe, tantôt sur l'autre, battant
des bras avec de brusques mouvements de cou.
Irina tournait autour de la cabane en essayant
de le raisonner. Elle rentra à Iakoutsk sans avoir
pu échanger une parole et décréta qu'il était
devenu dingue.

— Elle avait raison, non ?

— Moi, je pensais que c'était un stratagème.
Il voulait la paix. Les fous ont la paix ? Il jouait
au fou. Je lui rendis visite avant la fin du mois
d'août, cette année-là. Je le trouvai au milieu
de sa clairière, enduit de confiture de myrtilles
et couvert d'abeilles. Il murmurait : « Venez
mes petites, venez, régalez-vous bien. » Et quand
je me suis approché et que j'ai murmuré :
« Constantin, c'est moi », il a ouvert les yeux,
les a levés au ciel, il s'est raidi, il a plissé les lèvres
et a fait « Bzz ». Il ne m'a même pas reconnu.

— Et maintenant ?

— Il a retrouvé la paix, le silence et la solitude
de ses débuts d'ermite.

— Ah ! Il s'est installé ailleurs ?

— Oui.

— Plus loin ?

— En quelque sorte.

— Comme vos ermites à la colonne ?

— À peu près.

— Il est aussi isolé ?

— Plus encore.

— Et plus tranquille ?

— Mille fois.

— C'est aussi paisible que sur les rives de la Lena ?

— Incomparablement plus.

— Silencieux ?

— Mieux que cela : pas un bruit.

— Les gens ne viennent plus le voir ? Ils ont compris ?

— Non, ce n'est pas ça. Mais les visites sont interdites dans la zone de confinement du centre de pathologie psychiatrique d'Iakoutsk.

La lettre

Pas de facteur ! pas de lettres !

Y en a-t-il une de perdue ? – Je suis sérieusement inquiet.

Ce n'est pas gentil de me laisser si longtemps sans nouvelles.

GUSTAVE FLAUBERT
*(lettre du vendredi 5 janvier 1877
à sa nièce Caroline)*

La boîte aux lettres de la rue Paul-Vaillant-Couturier faisait face au bistro nordique Hamsun où les élèves du lycée Lavoisier se ruaient en bandes, sitôt sonnée la fin des cours. Les yeux violets de Marieke, la vendeuse fraîchement débarquée de Tromsø, attiraient davantage ces petits salauds boutonneux que les bocaux de harengs, alignés sur des présentoirs de pin avec ce manque d'imagination légèrement désespérant propre à la Norvège luthérienne.

La levée postale avait lieu le matin à 10 heures

et celle du soir à 18 heures. Les horaires avaient été modifiés l'année précédente sous la pression du syndicat dont le porte-parole avait décrété dans un communiqué que « personne n'éprouvait plus le besoin de déposer une lettre après 6 heures du soir ni d'envoyer des nouvelles avant 10 heures du matin ». La levée de 15 heures, instituée en 1945, avait été supprimée. Les gens s'écrivaient moins, ils préféraient composer des numéros.

Maurice, arrivé de Saint-Denis de La Réunion en 1975, était le facteur du quartier depuis 1978. Il allait par les rues et les boulevards, appuyé à l'affreuse bicyclette carénée dont les technocrates du ministère avaient affligé les postiers. En sa jeunesse, Maurice avait exercé le métier, sur l'île, dans le cirque de Mafate. Il arrachait alors quinze mille mètres de dénivellation mensuels aux pentes volcaniques mais une sale tendinite au talon et des ruptures d'aponévrose l'avaient contraint à demander une affectation en des parages moins taraudés, et l'administration lui avait proposé Stains ou Romorantin. Il avait étudié la carte, et comme des deux villes, Romorantin était la plus proche de l'équateur, il avait choisi Romorantin.

Le Réunionnais connaissait le moindre pavé de sa tournée, saluait les commerçants, jalons de son circuit de sept kilomètres. Il appartenait à l'espèce des gens qui goûtent encore la saveur des spectacles cent fois admirés, des sensations cent fois éprouvées. Et la certitude de les connaître encore l'enchantait davantage que les promesses de l'imprévu. Né avec l'amour de l'aventure, il aurait choisi un autre métier. Seuls les pionniers de l'Aéropostale avaient réussi à surmonter la contradiction entre la furie des vols transatlantiques et l'aimable monotonie de la distribution du courrier.

Immuablement, il poussait les mêmes portes cochères, et jetait dans les boîtes, dont il connaissait chaque propriétaire, des enveloppes qui annonçaient des retrouvailles, précipitaient des catastrophes, rétablissaient des vérités, exigeaient des paiements. La plupart du temps, les gens ne recevaient que des factures mais, parfois, Maurice repérait une enveloppe manuscrite à l'écriture tremblée. Il avait appris à distinguer, dans l'hésitation, l'application ou la désinvolture de la graphie, un message d'amour d'une lettre de politesse ou d'un mot de rupture. Il savait que bien des cœurs s'étaient serrés à la simple vue d'une écriture attendue. Les facteurs sont les messagers du destin. Ils ne distribuent pas le courrier, ils battent les cartes de l'existence.

Il arriva à 9 h 58 à la boîte de la rue Paul-Vaillant-Couturier pour la levée du matin. Marieke lui rendit son salut en découvrant une de ces dentures qui confirment que l'industrie pharmaceutique nordique produit des pâtes

dentifrices d'une qualité supérieure et la race
scandinave des gencives irréprochables, héritage
du temps où les peuplades lapones déchique-
taient les tendons d'ours, accroupies sous les
tentes d'écorce.

— Pardon monsieur, dit Maurice.

Un jeune garçon d'une vingtaine d'années
aux longs cheveux bruns, très pâle, attendait,
planté devant la boîte. Des rangers cirées, un
imperméable de cuir noir et une croix d'argent
portée sur un tee-shirt où s'étalait en lettres
gothiques « Vivre avilit » désignaient un membre
de la tribu des « gothiques » qui connaissait un
regain depuis deux ou trois ans dans le centre
de Romorantin. Maurice crut avoir affaire à l'un
de ces boutonneux de Lavoisier capables de se
planter devant la devanture de Marieke pendant deux heures, espérant que la petite Viking
décoche un regard par-dessus les saucisses. Le
garçon ne bougea pas.

— Je dois ouvrir la boîte, jeune homme.

— Je dois récupérer une lettre, monsieur.

Maurice connaissait la musique. Des candidats
au repêchage de lettres, il y en avait un ou deux
par trimestre.

— Jeune homme, c'est impossible, dit Maurice.

— Elle est à moi.

— Non, mon garçon, quand la lettre tombe
dans la boîte, elle nous incombe.

— C'est une question de vie ou de mort.

— Rien que ça ? Vous en êtes sûr, mon petit ?

— Si je vous décris l'enveloppe, si je vous indique l'adresse et si je vous montre ça pour que vous compariez l'écriture…

Le garçon tendit une enveloppe à Maurice. L'adresse d'une fille au nom arabe dans un quartier du nord était inscrite à la plume.

— La poste est un service public qui ne tient pas compte des remords de ses utilisateurs. Quand vous jetez la lettre, vous jetez les dés. Les fentes d'une boîte sont à sens unique et les lettres, comme les morts, voyagent vers leur sort : vous les ensevelissez, elles ne reviennent pas de ce petit tombeau jaune.

Maurice déroulait toujours le même discours à ces foutus indécis qui prenaient la poste pour une consigne.

— Et si vous preniez ça ?

Le garçon tendait un billet de vingt euros.

— Je vais me fâcher, mon gars, et appeler la police.

— Monsieur, j'ai vingt ans, j'aime une jeune fille et il y a dans cette boîte une lettre d'insultes qui rompt en quelques lignes deux années d'herculéens efforts. Cette lettre est un sabordage. Vous seul pouvez me renflouer.

Maurice regarda le jeune type d'un drôle d'œil. Il aima soudain cet enfant qui tenait une rupture pour « une question de vie ou de mort »

et s'exprimait avec une vigueur d'un autre âge,
là où les beaufs habituels – petits Blancs racornis,
bourgeois déclassés, métis arrogants – auraient
ergoté en brandissant leur « droit » à disposer
de ce qui « leur appartenait ».

— Vous ne savez même pas si elle vous aime,
dit Maurice.

— De quoi vous mêlez-vous ?

— De ce qui appartient à mon sac postal que
je m'en vais distribuer, dit Maurice en sortant la
clef de la boîte.

— Attendez, monsieur, je vous en prie. Je
l'aime et, si vous saviez... enfin... dans la lettre,
je lui dis des insanités.

— Qu'est-ce qui vous a pris ?

— Je croyais qu'elle me trompait.

— C'était faux ?

— Bien sûr.

— Il fallait vérifier. Ou vous retenir.

— Vous n'avez jamais agi impulsivement ?

Maurice se souvint de cette soirée de 1969
sur les pentes de Mafate où, le cerveau labouré
par le rhum et le sang échauffé par la viande
boucanée, il avait flanqué à Marie-Thérèse une
telle raclée que tous les chiens de l'îlet s'étaient
mis à hurler en même temps et que les oiseaux
avaient décollé de l'hibiscus tout proche comme
si l'arbre s'était ébroué de ses parasites.

— Non, mon petit, dit Maurice.

— Vous mentez.

— Oui.

— Rendez-moi la lettre.

— C'est interdit par le code pénal. Si ma hié-rarchie l'apprend, je risque plus que ma place : des poursuites. Soustraire une lettre à la boîte est pire qu'une entorse à la loi pour nous : c'est un déshonneur.

— Vous mettez moins de scrupules à voter une grève.

— Je vous dis que je risque ma place.

— Et moi, de passer à côté de ma vie.

— Puis-je vous confier quelque chose ? Vous avez bien agi.

— Qu'en savez-vous ?

— Je crois que le premier mouvement est le bon. L'avenir vous confirmera que votre geste cachait une intuition.

— Vous m'enfumez, monsieur.

— Venez, je vous offre un café, je veux vous expliquer.

Maurice coula le courrier dans son sac de toile de jute et referma le clapet de fonte de la boîte avec sa clef carrée. Le garçon n'esquissa pas un geste.

Chez Hamsun, Marieke servait un café crème à un euro cinquante dans de grandes tasses rouges décorées de rennes lapons. La jeune fille détailla le couple qui prit place à l'une des tables de balsa Ikea. Que faisait le postier aux cheveux poivre et neige, ce Pygmée qui la saluait

tous les matins, flanqué d'un vampire hamlé-
tien ? Le conformisme de la jeune Scandinave
fut ébranlé par la dégaine du garçon, mais la
doucereuse libéralité sociale-démocrate, inocu-
lée par deux décennies de fréquentation des éta-
blissements scolaires protestants, étouffa en elle
tout embryon de jugement. Dans la vie, il fallait
être *tolérant* et faire son métier. Elle apporta les
tasses.

— Il y a quelques années, dit Maurice, il y
eut un drame à La Réunion. Je l'ai appris de
la bouche même du commandant Rédaille,
chef d'un sous-marin nucléaire d'attaque sous
les ordres duquel mon frère servait, à la base
navale. *Le Rubis* devait appareiller avant Noël, de
Saint-Denis, pour une mission de trois mois dans
l'océan Indien. La veille du départ, le sac postal
destiné à l'équipage fut acheminé sous scellés
dans le sous-marin. C'est aux commandants des
bâtiments que revient le soin de régler la question du courrier. L'état-major leur ordonne de
lire les lettres des matelots avant de procéder à
la distribution. Ils jugent ainsi du degré de gra-
vité des nouvelles et décident de maintenir ou
de reporter l'embarquement des hommes. Par
exemple, si un message annonce l'agonie d'un
proche, le destinataire est prié de débarquer.
Vous imaginez Rédaille, à la veille de plonger à
bord de sa pile atomique, occupé à éplucher des
monceaux de banalités. Cela me rendrait fou,

moi, d'avoir fait l'École navale pour me fader
des nouvelles de la guérison de la varicelle des
mioches ou de l'état du col du fémur de la tante
Jeannine. Ce jour-là, le commandant décacheta
une lettre de douze pages signée « Clotilde ».
D'une vilaine écriture ronde, elle annonçait
qu'elle quittait son mari. Il y avait tout : la litanie
des griefs, l'étalage de rancœurs, le mauvais pro-
cès. Clotilde ne supportait plus cette vie dont les
quais militaires et les aéroports constituaient les
bornes. Elle avait rencontré un homme, un vrai,
elle s'installait avec lui : un boucher de Roscoff.
Le commandant était piégé. La lettre s'adressait à son chef mécano, un type irremplaçable.
S'il transmettait le courrier, le malheureux ne
s'en remettrait pas. Vous vous imaginez, macérer
dans un chagrin d'amour à trois cents mètres
sous l'eau, dans une passoire d'acier peuplée de
mecs en marinière qui courent dans les couloirs
avec des clefs à molette et des airs préoccupés.

— Pourquoi me racontez-vous cela ?

— Parce que cela vous concerne, dit Maurice.

Le postier fit un geste à Marieke et lui com-
manda un strudel.

— Le commandant a serré la lettre dans son
coffre-fort à côté de son 9 mm et n'a rien dit à
son mécanicien. La mission s'est déroulée sans
encombre. Le sous-marin a patrouillé jusqu'aux
îles Laquedives. Au retour à Saint-Denis, trois
mois plus tard, nouveau sac postal. Nouvelle cor-

vée pour le commandant. Et nouvelle lettre de
Clotilde. Finalement, le boucher était du genre
décevant, elle revenait, elle s'en voulait drôle-
ment, elle n'avait pas de mots assez tendres pour
son mari, ni assez durs pour elle. Le commandant déchira les deux lettres, l'affaire était clas-
sée, il se félicitait : dans la vie, mieux vaut ne rien
savoir. Pour une fois, la politique de l'autruche
payait.

— Vous êtes en train de m'avouer qu'il a bien
fait de ne pas distribuer les lettres : rendez-moi
la mienne !

— Attendez, mon petit... Le mécanicien est
reparti chez lui, en Bretagne. Il a retrouvé sa
femme et ils ont repris le cours des choses. La
mer, les pluies de l'automne, les tempêtes de
l'hiver, le soleil du printemps sur les rhododen-
drons de la petite maison et, comme horizon
de cette existence-là, le quai d'embarquement...
Sauf que, trois années plus tard, on a appris que
le type s'était fait sauter le caisson avec son arme
de service après avoir liquidé sa femme de trois
balles dans le corps.

— Et alors ? Le rapport ?

— Mon petit ami, je dis cela pour vous
convaincre. Le mécano du sous-marin aurait
mieux fait de lire les lettres, d'en tirer les conclusions, de ne jamais rentrer chez lui... Il aurait
pris la mesure du vrai visage de sa femme : les
volte-face, son inconstance, sa médiocrité, cette

vénalité, au fond, qui la poussait dans les bras d'un boucher enrichi dans le trafic de protéines. Le voile se serait déchiré. Toute lettre arrachée à son destin déclenche une chaîne de catastrophes. L'écriture est un processus mantique qui entraîne une cascade karmique. La correspondance s'inscrit dans le solfège de l'existence. Elle est commandée par des lois supérieures. L'homme ne doit pas modifier la partition. Si je vous remets la lettre, je m'immisce dans l'ordre des...

— Oui, bon, ça va, j'ai compris.

Le petit facteur baissa la voix, plissa les yeux.

— À Saint-Denis, tout le monde connaît l'histoire du *Benda*, un clipper qui appareilla de Durban en Afrique du Sud, au début du XVIIIe siècle, pour regagner l'Europe. À bord, serrées entre les pierres précieuses à destination des diamantaires d'Anvers et les empilements de défenses d'ivoire, il y avait les lettres que les officiers du comptoir hollandais adressaient à leurs proches de Zélande, de Frise ou de Rotterdam. Le navire s'échoua peu après son départ sur les bancs de la Juive dans le canal du Mozambique : un écueil qui fracassa tellement de vaisseaux qu'on se demande si ce n'est pas l'accumulation des épaves qui constitue le haut-fond. Il y avait dans les flancs du voilier la lettre d'un jeune capitaine qui priait ardemment la fille d'un tailleur d'Amsterdam de l'attendre. Il lui jurait des choses superbes, déroulait ses envolées, célébrait le bonheur conjugal contre la stérilité de la vie aventureuse – bref une bonne petite lettre d'amour ridicule, avec ses mensonges, ses suppliques et ses serments assortis de l'infâme brouet de l'espérance. La lettre n'arriva jamais.

— Comment savez-vous ce qu'il y avait dedans ?

— Parce que le jeune capitaine, qui n'avait rien su du naufrage, a écrit par la suite un récit, un petit libelle, dans le genre précieux. On nous faisait lire cela à l'école, à Mafate : *Les Infortunes de la correspondance*, par le capitaine Arminius Van Kipp. Dans la lettre disparue, il demandait le crédit d'un an à la fille, lui jurait de l'épouser sitôt débarqué. La petite Batave, à Amsterdam, ne pouvait se douter que le programme de son avenir radieux flottait dans les eaux entre Madagascar et le Mozambique. Quand le marin transi arriva un an après, sûr de lui, à Amsterdam, ce fut pour découvrir les jumeaux que la dame avait donnés entre-temps à un cultivateur de tulipes de la région de Delft.

— La mienne n'est pas hollandaise. Elle s'appelle Aïcha.

— Soyez sérieux. Vous avez compris. Il ne faut jamais briser la course d'une lettre. Une missive est une pièce d'engrenage. Ni le hasard ni un homme ne doit se permettre d'enrayer le mouvement. Laissez-moi remettre la vôtre. Je m'économise la responsabilité d'un délit. À vous, j'évite une malédiction.

Marieke apporta l'addition, ils réglèrent en silence, sortirent du café, se serrèrent la main sur le trottoir et se quittèrent. Marieke suivit des yeux longtemps ce jeune garçon à l'imperméable noir qui, finalement, n'était pas fâché de l'intervention d'un facteur étranger dans le débat intérieur qu'il menait à propos de la petite Aïcha dont il se rendit compte, au fond, qu'il se foutait pas mal.

Le téléphérique

Adieu le bal, adieu la danse…
CLÉMENT MAROT

Il flottait dans le chalet l'odeur joyeuse du boudin. Le feu de bois se reflétait dans la glaçure des beignets. La nappe disparaissait sous les assiettes à motifs de rennes lapons, les pains d'épice luisaient. Les couronnes de l'Avent hérissées de quatre bougies rouges, quatre tours de cire, attendaient l'allumette. Des sucres d'orge pendaient aux branches du sapin que Gretel et Hans, douze et neuf ans, obèses tous les deux, ensevelissaient sous les guirlandes. Les arbres sont des saints : ils se laissent persécuter en silence. Le chat, lui, s'était caché.

Le Cervin déployait ses arêtes, il encadrait dans la fenêtre ses ailes de chauve-souris pétrifiées. Sa masse d'encre envahissait le ciel. Quelques heures auparavant, les faces schis-

teuses, balayées de traits pastel par les rayons
du couchant, s'étaient reflétées dans l'argenterie, souveraines, silencieuses, nourries d'alpi-
nistes qui avaient prétendu égratigner le rocher
noir de leurs parois. À présent, seul le sommet
s'éclairait d'un capuchon de lumière. Greta, la
maman de Gretel et Hans, achevait de fourrer
les caillettes. Elle résistait à l'envie de goûter à
sa farce aux pruneaux : elle avait pris huit kilos
depuis la Toussaint et luttait depuis lors contre
le désir morbide d'enfourner des choses dans sa
bouche. Il lui fallait encore préparer les coquil-
lages, remplir les cassolettes de cèpes, mettre la
bière de Noël au frais et transvaser le vin de miel
dans les carafons de cristal, pour l'éventer. Afin
de se donner du cœur, elle écoutait un groupe
de yodeleurs tyroliens. Ces chanteurs en short
de cuir avaient réussi l'exploit de traduire en
musique la dégoulinade de la crème.

Dans quelques heures, parents et cousins
arriveraient. Tout serait prêt. Comme chaque
fois, comme à chaque Noël. Un traîneau glissa
devant les fenêtres. Des rires fusèrent. Des gens
crièrent des noms anglais, ils retenaient dans
leurs moufles des paquets de couleur griffés
de noms de couturiers. Tout à l'heure, sous les
sapins, des mains blanches et fines ouvriraient
des écrins Cartier et des boîtes orange Hermès.
Zermatt vibrait des préparatifs de la fête. Noël
était la plus parfaite entreprise de détournement

spirituel de l'histoire de l'humanité. On avait transformé la célébration de la naissance d'un anarchiste égalitariste en un ensevelissement des êtres sous des tombereaux de cadeaux. Pour quelques heures, en ce 24 décembre, l'immense névrose européenne de l'après-guerre s'octroyait un répit, le temps d'ouvrir des paquets dans un bruit de mandibules d'insecte.

Dans le chalet, il faisait 27 °C. Le foie gras exsudait. Sur le bloc rose, les gouttes de graisse perlaient. C'était la même rosée qu'au-dessus de la lèvre supérieure de Greta. L'horloge de l'église sonna. « Déjà 5 heures ? Étrange qu'ils ne soient pas rentrés », se dit Greta, à la vingt-cinquième huître.

Hans-Kristian Kipp, pharmacien bavarois, passait ses vacances de Noël à l'hôtel Mirabedau depuis quinze ans. Il introduisit une pièce de 5 francs suisses dans le télescope et le braqua sur le Klein Matterhorn. La cime du petit frère du Cervin était dans l'ombre elle aussi. On distinguait cependant le métal de la cabine du téléphérique. Elle oscillait au creux de la courbe du câble, entre deux pylônes meringués de glace. Kipp étouffa un juron. La silhouette d'un homme venait d'apparaître sur le toit de la benne, au-dessus du vide. Il était 5 h 10. Il faisait presque noir.

Un quart d'heure plus tard, dans le bureau d'Heinrich Heinz, directeur de la société des remontées mécaniques de Zermatt Bergbahnen, c'était le conseil de guerre. Le chef des pisteurs de la station, trois guides de montagne et les secouristes de l'OCVS écoutaient fulminer leur patron. « Me faire ça ! le jour de Noël. » Karl et Ernst, employés de la société, redescendaient habituellement de la gare du téléphérique à 4 h 30. Comme tous les soirs, à l'heure dite, ils avaient mis en route la benne de service après avoir vérifié et fermé les installations. Depuis, on n'avait pas de nouvelles… la cabine était coincée à deux mille sept cents mètres d'altitude, le système de frein s'était déclenché, mordant le câble porteur. La radio ne répondait plus.

Dans le village, les nouvelles glissent sur la neige, rampent par les venelles, s'immiscent dans les chalets. Greta, alertée par la rumeur, déboula dans le bureau de la Zermatt Bergbahnen, en larmes. Une odeur de profiteroles emplit la pièce encombrée de skis, de piolets et de piquets de slalom. Greta s'écroula sur la chaise que lui tendit Heinz. Ernst et Karl étaient ce qu'elle avait de plus cher au monde après ses enfants. Le premier était son beau-frère et le second son mari. « Faites quelque chose, Heinz ! Ils vont mourir. » Le plus vieux des pisteurs, un skieur de Montana qui avait survécu à dix-sept fractures, la rassura. Les deux techniciens étaient des natifs du Valais, « de purs gars, de vrais durs », et ils disposaient là-haut d'un équipement qui leur permettrait de passer la nuit, il ne fallait rien craindre, ils en avaient vu d'autres. Greta redoubla de sanglots. Elle imaginait sa tablée de réveillon avec deux chaises vides.

7 heures. Zermatt bruissait d'une nervosité anormale. Au bar des hôtels, dans la moiteur des spas, jusque dans les cuisines des restaurants, on commentait le naufrage : « deux types… la télécabine… coincés ». Le vent avait forci, des gifles de grésil crépitaient contre les vitres. « Ce doit être l'enfer, là-haut. » Dans les rues, les rafales soulevaient des tourbillons de neige.

On allait donc sabler le champagne pendant que deux pauvres types, dont la vie consistait tout entière à veiller au bon déroulement des loisirs des vacanciers, risquaient de geler, suspendus à leur cercueil de zinc. Déjà, les premiers touristes passaient à table, la mine honteuse. On s'évitait du regard. À la pitié, à la compassion pour les infortunés, se mêlait une indéfinissable animosité. En somme, ces deux connards, incapables de faire fonctionner leur nacelle, allaient gâcher la fête. La soirée allait s'apparenter à l'une de ces inaugurations de photoreportage dans les galeries de la rive gauche à Paris où des dames en vison buvaient du champagne devant des photos de négrillons assis sur le ventre gonflé de leur mère morte.

La gêne était palpable. On entendait racler l'argenterie sur la porcelaine. Quelques enfants

pleuraient. Il y avait quelque chose de pourri
au royaume du télémark. Sur les sapins, les
guirlandes clignotantes semblaient soudain des
signaux d'alerte spécialement destinés à rappe-
ler aux convives qu'ils se gobergeaient pendant que leurs semblables dépérissaient dans la
tourmente.

8 heures. À la société des remontées, la cel-
lule de crise battait son plein. Heinz réfléchissait.
L'activité cortexale inhabituelle avait cramoisi
son visage d'Oberlandais alcoolique. Envoyer
une équipe de secours était la seule solution.
Trois des meilleurs guides de la station s'étaient
portés volontaires. Le plan était parfait car il n'y
en avait pas d'autre : gagner la base du pylône
en ratrak, l'escalader, progresser le long du
câble jusqu'à la cabine et faire descendre les
deux malheureux en rappel. Simple mais dange-
reux. Heinz ne s'y résignait pas. Il se rongeait les
ongles en écoutant frapper les rafales au carreau
du poste de garde.

Ernst et Karl avaient fini de dresser la nappe.
Sur la couverture de laine à carreaux rouges
et blancs s'étalaient deux bouteilles de pinot
noir de Salquenen, un magnum d'humagne
rouge, deux bouteilles de fendant bien frais et
une flasque d'abricotine. Les deux paniers en
osier contenaient une saucisse sèche, une livre
de viande des Grisons et une demi-meule de
raclette valaisanne que Karl escomptait faire

fondre à l'aide du petit réchaud Primus qu'il achevait d'assembler.

Ils allaient passer le Noël de leur rêve. Des années qu'ils en parlaient de ce réveillon à l'altitude des dieux, dans le hurlement de la tempête... Greta, née en Allemagne, mesurait la réussite d'une soirée à la quantité de calories ingurgitées par les convives. Elle traitait les invités qui franchissaient son seuil comme s'ils ne s'étaient pas nourris depuis six jours et elle confondait les devoirs de l'hôte avec la fonction du saint-bernard chargé de réanimer les victimes d'avalanche. Elle mettait sur ses *Plätzchen* une épaisseur de crème proportionnelle à la tendresse dont elle débordait. Elle pensait que le massepain adoucissait la dureté du monde. Elle transférait dans les strudels ses réserves d'amour. Ernst et Karl n'en pouvaient plus. Ils avaient déjà survécu ensemble à douze réveillons germaniques. Elle vivait dans la crème et eux rêvaient d'ozone. Ils avaient uniment contracté une indigestion. Greta était leur haut-le-cœur. Au fil des ans, les deux frères durcis par l'altitude avaient commencé à redouter l'approche du 24 décembre. Fêter la naissance du stoïcien crucifié par une bombance heurtait leur protestantisme. Et ces airs ravis des convives qui vous plantaient des couteaux dans le dos sitôt la porte fermée...

Ce soir, ils aspiraient à l'air sec, au vin clair, à

la nuit pure. Ils allaient vivre un réveillon digne de Zarathoustra, sur la corde raide, pendus au câble d'acier.

La cabine du téléphérique serait le lumignon de leur rêve, accroché au plafond de la nuit. En descendant par la benne de service, ils avaient bloqué le frein et, coupant la radio, ils avaient conquis leur tranquillité. Demain, ils regagneraient la station et s'expliqueraient avec Greta.

Ernst enfonça le tire-bouchon dans le liège du pinot noir. Karl alluma le Primus.

Au même instant, la trappe du plafond de la benne s'ouvrit violemment.

Une bouffée glaciale s'engouffra dans la cabine et la tête d'un secouriste jaillit :

« Les gars ! On y est arrivé ! Vous êtes sauvés ! On vous ramène en bas ! »

COLLECTION FOLIO 2 €

Dernières parutions

*Tous les papiers utilisés pour les ouvrages
des collections Folio sont certifiés
et proviennent de forêts gérées durablement.*

*Composition Nord Compo.
Impression Novoprint,
à Barcelone le 25 avril 2022.
Dépôt légal : avril 2022.*

ISBN 978-2-07-284204-7 /. Imprimé en Espagne.

543537